für alle Brennnesselteetrinker

Holly Alberich

Nessel und Feder

Ein Gedichtband

tredition

Druck und Distribution im Auftrag der Autorin: tredition GmbH, Heinz-Beusen-Stieg 5, 22926 Ahrensburg, Deutschland

Inhaltsverzeichnis

Aus dem Leben der Hexe Nessel

Die Hexe Nessel

Wie kannst du bezwingen,
den Hunger, den Tod?
Komm halt mich und lieb mich und fühl meine Not.
Spür ich in dir alles, was einst war und mehr?
Verlang ich dein Leben? Ist alles zu schwer?

Kannst du mich nicht finden, im Dunkel der Zeit?
Der Weg ist doch vor dir, der Weg ist nicht weit.
Komm her übers Ufer, komm her durch die Nacht.
Hör auf meine Stimme, die dich glücklich macht.

Wer ist diese Hexe, aus den Gedichten,
die lebt in der Hütte, verborgen von Fichten?
Die schuftet am Tage und tanzt in der Nacht,
die gleichzeitig müd ist und doch voller Macht?

Die dort lebt, in der Mitte vom Wald,
mit der Katz und den Mäusen, im Häuschen, so alt.
Die ihren Garten hütet wie ihr eigenes Herz
und Geheimnisse wahrt
und erfüllt ist von Schmerz.

Doch genug davon,
denn in den folgenden Zeilen
soll Euch der Hexe Geschichte ereilen.
Nun sollt Ihr lernen, wer sie damals verriet,
was geschah, was jetzt ist und was noch geschieht.

Die Geschichte wird fröhlich, wird düster, wird lang,
denn viel trug sich zu, als die Hexe begann.
Als sie jung war bei Nacht und auch noch am Tage,
als sie versuchte zu helfen, als sie erlag dieser Klage.

Viel trug sich zu, in den Ländern von Roh,
als der König noch lebte, als die Menschen noch froh.
Als die Hexe und auch all die ander'n Kreaturen,
noch frei sein konnten, nicht versteckten ihre Spuren.

Denn der Zwang kam erst später,
viel später der Hass,
als der Friede regierte,
auf den Mensch noch Verlass,
als die Wahrheit noch wichtig,
als Ehre noch wert,
als Differenzen noch nichtig,
als Liebe gelehrt,

als der Tod noch in Ferne,
als alles noch gut,
als das Herz noch voll Wärme,
als blind nicht die Wut.

HERBST

Abend

Flug

Nachdem die Hexe ihr Tagewerk
endlich vollbracht,
erschöpft von der Arbeit,
wünscht sich die Nacht.

Sitzt noch draußen im Garten,
empfängt den letzten Sonnenschein.
Streckt müde die Glieder,
atmet den frischen Duft der Kräuter ein.

Die Blumen und Blätter,
die Wurzeln und Ranken,
all das war ihrem Geschick zu verdanken.
Der Garten war ihr Stolz, ihr heiliges Land.
Nichts davon gab sie in fremde Hand.

Die einzigen Seelen, an diesem heiligen Platz,
waren die Hexe selbst und ihre düstere Katz.
Gemeinsam verabschiedeten sie der Sonne Schein.
Dann mit letzter Kraft, in die Stube hinein.

Die Hexe seufzte, legte ab ihr Gewand,
auf einmal auch die Spur des Alters verschwand.
Sobald der Mond, die Sonne vertrieben,
der Hexe Äußeres ward nicht so geblieben,

wie alle es kannten, was allen vertraut,
bei Tage, im Sonnenlicht, im Garten voll Kraut.
Doch nachts ließ die Hexe ab von dem Schein,
ihr wahres Gesicht, ihre Züge so fein.

Voll Jugend strotzte die Hexe im Haus,
tanzt vor dem Feuer, weckt jede Maus.
Die Katz nur gelangweilt am Boden liegt,
während die Hexe zum Besen greift
und endlich fliegt.

Fliegt aus dem Walde, fliegt in die Höh,
oh je, was wenn ein Mensch sie jetzt säh?
Doch die Nacht war ihr Reich
und der Mond nicht ihr Feind
und so flog die Hexe davon,
mit den Schatten vereint.

Feder I

Donnergrollen, Flügelschlag,
was aus den Wolken ragen mag?
Weiße Flügel, eisern' Blick,
von hier an führt kein Weg zurück.

Sterne

Nymphen

Bei Nacht,
die Stille, kalt und klar.
Kein Tier ist zu hören,
Geräusche sind rar.

Das Wandeln beginnt,
der Lauf durch die Zeit.
Durch Schatten und Nebel,
der Weg ist nicht weit.

Sie wandeln umher
und haben ein Ziel.
Der Tanz durch die Kälte,
ein schauriges Spiel.

Bewegungen lieblich
und schön wie ein Traum,
sind sie schon am Ende,
sie tanzten doch kaum?

Doch wie ich schon sagte,
der Weg war nicht weit.
Die Nacht, sie vibrierte
voll Heiterkeit.

Die Nymphen, die Schönen,
sie sammeln sich hier.
Sie lachen und singen
und öffnen sich mir.

Will zu ihnen gehören.
Sie singen im Chor.
Hier an den Ufern
vom ewigen Moor.

Ihr Lachen und Locken,
es zieht mich hinein,
in das Grün und das Blau.
Kann's mein Ende sein?

Das Moor, es verschlingt mich,
doch merke ichs nicht.
Die Nymphen sie flüstern,
ich sehe ein Licht.

Sie geleiten mich weiter,
ich fühl keine Not.
Das Wasser umhüllt mich.
Und dann bin ich tot.

Warnung

Die Hexe winkt einer Nymphe zu,
als sie ums klare Wasser geht.
Genießt die Stille, genießt die Ruh'
und liest, was in den Sternen steht.

„Gefahren", ruft der erste Stern.
„Ärger", ruft ein andrer schnell.
„Verachtung", erklingt vom Himmel, so fern.
Der Mond selbst schweigt nur, fremd und hell.

Beobachtet die Hexe, in seinem Licht,
als sie zaubert und tanzt,
als sie grübelt und denkt,
während die Nymphe das Wasser bricht,
während die Hexe sich die Freiheit schenkt.

Herbstnacht

Die Hexe erinnert sich

Mit Nadel, Faden, Silberschnur,
ein Loch geflickt, ein Schmerz geheilt.
Die Hexe repariert ihren Mantel stur,
ihr Finger auf dem Knopf verweilt.

Sie erinnert sich an alte Zeiten,
an vergangene Tage und verstaubte Bände,
an alte Schrift und vergilbte Seiten,
an verstummte Lieder und die eine Legende.

Alte Legende vom Knopf

Ein Knopf, klein und wunderschön.
Sein Alter, seine Geschichte, ihm nicht anzuseh'n.
Verworren mit Garn, im Spinnrad der Zeit,
verknotet, gehalten in Ewigkeit.
Bedeckt mit Steinen, so leuchtend und hell.
Das Licht sie dir bringen,
doch schwindet sie schnell.
Die Macht dieses Knopfes, das Böse sich nährt,
was langsam die Farben der Steine verzehrt.
Das Leuchten es schwindet,
verblasst und vergeht.
Die Schönheit der Steine, dem Tode nah steht.
Schwarz wie die Nacht, sie leuchten nicht mehr,
die Steine des Knopfes, die Augen sind leer.
Doch was verzehrte den Knopf und die Macht?
Das Böse der Erde, es donnert und lacht.
Wer holt ihn zurück, den Knopf dieser Zeit?
Was bleibt, ist ein Rätsel,
das Unglück nicht weit.

Kaffeemagie

Kaffee, Kaffee, Silberstern,
leuchtest auf, so nah, doch fern.
Bring Sicherheit zu meinen Lieben,
hab meine Seele Euch gegeben.

WINTER

Schnee

Heimweg

Der Hexe Spur im tiefen Schnee,
der Frost, die Kälte – welch ein Graus.
Und wieder eine kalte Bö,
sie wünscht, sie wäre schon Zuhaus'.

Der Weg ist gar nicht mal so weit,
mit leisen Flocken quälst du sie.
Du Winterzeit – o Winterzeit,
quälst die Hexe dort im tiefen Schnee.

Ihr Blick verfängt sich am Waldesrand,
im Gestöber wilder Glitzerfunken.
„Geh weiter!", ruft sie ihr Verstand,
die Welt ist ganz in Weiß versunken.

Ein Wintermär in voller Pracht,
gefährlich und doch traumhaft schön.
Der Tag verwandelt sich in Nacht,
die Hexe bleibt nicht länger steh'n.

Der Mond vertreibt die wärmende Sonne,
kein Licht mehr für das Funkeln der Welt.
Verschwunden ist nun die letzte Wonne,
ein dunkles Gefühl ihre Sinne erfüllt.

Doch das Dunkel ist wahrlich
kein Feind ihrer Art,
das Gefühl sich wohlig in ihr breit gemacht.
Sie beschleunigt den Schritt,
die Nacht sie bewahrt,
vor der Kälte, dem Schnee
und der eisigen Macht.

Feder II

Im Schneegestöber leuchtend hell;
seine Augen, gerichtet auf Erden.
Sie beobachten, urteilen, planen schnell,
was soll aus der Menschheit nur werden?

Solche Tage

Dysthymie

Die Hexe lag noch immer im Bett,
versteckt unter Decken,
versteckt vor dem Licht.
Wäre Aufstehen jetzt nicht ganz nett?
"Nein. Weg mit der Welt,
ich will sie heut nicht."

Die Hexe seufzte aus tiefstem Herzen,
sie räkelte sich sacht in ihrem Versteck.
War sie denn krank? Hatte sie Schmerzen?
"Nein, Erzähler, geh doch einfach weg."

Hexe sag mir, bist du in Not?
Brauchst du einen Arzt? Muss ich mich sorgen?
Oder willst du etwas essen? Wasser? Brot?
"Nein, geh heim und warte auf Morgen."

Doch ich, als Erzähler,
kann sie doch nicht lassen,
in ihrem Kokon aus Schweigen und Nacht.
Kann ihre Gedanken doch leider nicht fassen.
Also gehe ich, Hexe, gib gut auf dich Acht.

"Jetzt, da der Erzähler von dannen gezogen,
kann ich ja sagen, was los ist mit mir,
war ich doch ehrlich, hab nicht gelogen,
bin nicht krank oder absichtlich hier.

Hier im Bett, eingehüllt in Stille,
hab keine Schmerzen, bild' mir nichts ein.
aber trotzdem… trotzdem fehlt
mir heut der Wille,
zum Aufsteh'n oder Zaubern oder einfach Sein.

Fühl mich schwach und kalt und stumpf,
fühl mich unnütz und trostlos und leer,
fühl mich verloren im Gedankensumpf,
fühl mich verloren im Zweifelmeer.

Fühl mich, wie wenn alles ohne Sinn,
wie wenn mein Zweck nicht mehr erfüllt,
fühl mich, wie wenn ich zu wenig bin,
wie wenn mich ein grauer Schleier umhüllt.

Kann's nicht besser beschreiben,
doch manchmal ist's einfach so,
kann's nicht einfach vertreiben,
nichts macht mich dann froh.

Also lass mir den Tag heute nur für mich.
Lass mich alleine, lass mich ertrinken.
Morgen sieht's anders aus, ganz wunderlich,
fällt der graue Schleier,
lässt mich doch nicht versinken."

Hexen

Hexe sein ist voller Fragen,
keiner weiß woher sie sind.
Müssen viele Laster tragen.
Magiegebor'nes Rätselkind.

FRÜHLING

Flaggen

Horcht auf!
Der Herrscher, der Herrscher ist da!
Zurück von der Reise,
ist uns wieder nah!

Das Land wird gerettet!
O fürchtet euch nicht.
Der Herr ist gekommen,
hält, was er verspricht.

Dort bei den Hügeln,
die Flaggen gehisst.
Kennt er unsre Nöte?
Was das Land zerriss?

War Jahre auf Reisen,
schien lange verlor'n.
Doch dann diese Flaggen!
Ertönte das Horn.

Das Volk steht am Tore,
erwartet den Herrn.
Begierig auf Hoffnung.
Erlösung schien fern.

Die Fahnen schon näher,
sie flattern im Wind.
Die Menschen, sie jubeln.
Voll neuer Hoffnung sind.

Vom Hügel herab,
die Truppen in Sicht.
Das Volk überrumpelt.
Er ist es nicht...

Verwirrt und verdammt,
der Atem hält an.
Es sind seine Flaggen!
Die Stimmung nun klamm.

Sie reiten noch schneller,
die Erde erbebt.
Keine Zeit bleibt zu handeln,
es keiner versteht.

Woher diese Flaggen?
Was war nur geschehen?
Kommen sie um zu plündern?
Werden wir's übersteh'n?

Das Rufen wird lauter,
das Donnern beginnt.
Die Masse sich lichtet,
ein tosender Wind.

Noch einige Menschen,
sind draußen am Tor.
Sie seh'n in den Himmel,
was kommt dort hervor?

Durch Wolken und Nebel,
mit Donner und Blitz.
Was für ein Wesen
hat dort seinen Sitz?

Der Wind wird noch stärker,
der Feind stoppt den Lauf.
Auch er blickt zum Himmel,
seh'n alle hinauf.

Mit prachtvollen Schwingen
und gleißendem Licht.
Die Schönheit so strahlend,
durch Wolken sie bricht.

Der Sturm sich nun zügelt.
Das Wesen herab.
Beide Scharen sind sprachlos.
Gewendet das Blatt?

Die wenigen Menschen,
vom Volk dieses Orts,
auf die Knie sie nun fallen,
mit wackerem Herz.

Des Feindes Zunge
scheint auch stumm zu sein.
Gebannt von dem Wunder,
im Glorienschein.

Der Engel gelandet,
das Wetter beruhigt,
hebt er seine Hände:
„So habt keine Furcht!

Das Volk an dem Tore
hat euch nichts getan.
Wieso reitet ihr stürmisch?
Wieso greift ihr es an?"

Der Erste der Feinde
die Stimme erhebt:
„Der Herr dieses Volkes,
hat nichts Gutes gehegt.

Er kam um zu töten,
war gierig und wild.
Keines unsrer Worte
seinen Hunger gestillt.

Unsre Hoffnung er raubte,
unsre Leute versklavt.
Er nahm unser Leben.
Wir wurden bestraft.

Doch wieso kam er zu uns?
Wieso war er hier?
Wieso traf auf uns
seine scheußliche Gier?

Eines Abends verschwand er,
wir war'n wieder frei.
Zu spät kam die Rettung.
Mit uns war's vorbei.

Haben nichts was uns teuer,
da trieb uns die Wut.
Der Hass uns zerfressen,
mit Flamme und Glut.

Nahmen wir seine Flaggen,
die Fahnen zur Stell'.
Die Stadt zu erobern,
denn hier war der Quell.

Der Quell seines Übels,
so rückten wir vor.
Die Menschen sie jubelten
an diesem Tor.

Ihre Freude den Mörder
bald wieder zu seh'n.
Wie können wir's lassen?
Wir werden nicht gehen.

Wir brennen sie nieder.
Die Rache treibt weit.
Das Volk wird vernichtet,
sind lange bereit."

Der Engel nickte,
verstand er sofort.
Mit sanfter Stimme
ergriff er das Wort:

"Doch, wenn sie nicht schuldig?
Konnten sie es denn wissen?
Was kann ein Volk,
wenn sein Herrscher zerrissen?

Er war nicht bei Sinnen,
getrieben von Gier.
Sein Volk er verlassen,
ihr seht sie doch hier.

Die Kleidung zerlumpt,
die Nahrung nicht viel.
Der Tod dieser Menschen,
ist das euer Ziel?

Der Herrscher euch allen
ein Unrecht getan.
Doch könnt ihr das ändern!
Seht euch doch nur an!

Beide Völker am Boden,
beider Leben dem Ende.
Ihr braucht neue Hoffnung,
drum reicht euch die Hände.

Beendet den Hunger,
die Angst und das Sterben.
Könnt gemeinsam
etwas viel Größeres werden!

Drum pflanzt neue Felder,
helft euch aus dem Loch.
Ihr könnt gemeinsam,
was allein nicht vermocht.

Ihr seid alle Menschen,
verbunden im Licht.
Die Schatten verschwinden,
so höret auf mich."

Das Volk sich versammelt,
dem Engel gelauscht.
Der Feind senkt die Waffen,
gestoppt ist sein Rausch.

Der Erste des Volkes,
der Erste vom Feind,
der Engel verbindet,
im Frieden geeint.

So steigt er empor,
in die Wolken zurück.
Unten auf Erden,
verbreitet das Glück.

Das Volk und die Feinde,
sie helfen sich nun.
Versuchen gemeinsam
nur Gutes zu tun.

Neue Felder gewachsen,
neue Hoffnung im Herz,
Liebe gefunden,
kein Raum mehr für Schmerz.

So war die Geschichte.
Wer Hass überwindet,
derjenige später
den Frieden noch findet.

Nessel I

Als die Hexe die Worte des Engels vernimmt,
sie erschauert, direkt sich ihr Magen verstimmt.
Sie hörte bereits von anderen Städten,
wo der Engel gekommen,
um die Wogen zu glätten.

Doch was er verkündet nur für Menschen gilt,
sein Wort sie mit dunkler Vorahnung füllt.
Denn zwischen Engel und Hexen
schon immer ein Streit,
sie wusst' nicht wieso,
doch der Hass trug sich weit.

Sie wusste nur eins: sie war in Gefahr.
Denn wo Engel waren, erschien ihr Ende klar.

Feder III

Vor Furcht dir das Blut in den Adern gerinnt.
Höre mein Flüstern: „Die Jagd beginnt."

Der Vampir

„Fangzahn, Flügel, Silberschein,
Spiegel, Schwelle, Urgestein.
Knoblauch, Nacht und spitzer Pfahl.
Rote Augen, kalt und fahl.

Kirchenglocken, Orgelklang,
stehend' Gewässer, Schattengang.
Nebel, Wolf und Fledermaus,
Angst und Schrecken, Todesgraus.

Wiedergänger, Nachzehrer,
Strigoi, Vampyr und Blutverehrer,
Kind der Nacht und sonnenscheu.
Sargbewohner, rattentreu.

Herr der Finsternis, Kräfte entfacht,
spüre meine eigne Macht,
komm herbei zum Abendschmaus,
lad' dich ein, hier in mein Haus."

Nur ein Augenblick vergangen,
schon der Himmel nebelverhangen,
schon ein Schatten in der Tür.
„Hexe, hier bin ich, was willst du von mir?"

„Dich warnen", die Hexe von sich gibt.
„Ein Engel kam und sprach sein Wort,
vereinte die Menschen, verbannte den Hass,
er lauert nun hier über diesem Ort."

„Fort von hier", sagt der Vampir.
Die Hexe beide Brauen hebt,
„Hast du Angst vorm Engel oben?
Du, derjenige der ewig lebt?"

„Du etwa nicht? Gerade du.
O Hexe, bitte sieh nur zu,
dass du dem Land den Rücken kehrst,
bevor du ihm die Macht verwehrst,

die er hier sucht, die er sich nimmt."
Die Hexe dacht, ob das wohl stimmt?
Sie wusste, ihr Freund behielt immer Recht.
Sie sah sich nicht als des Engels Knecht.

Die Hexe musste wirklich flieh'n,
doch ihr brach das Herz,
hatte sie's hier doch schön.
Der Vampir sie mit einem Blick besah,
er würde ihr helfen, er war für sie da.

Menschlichkeit

Der letzte Hauch der Freundlichkeit

Als die Hexe die dunklen Augen aufschlägt,
ein Geräusch direkt an ihren Nerven sägt.
Ein Quietschen und Rattern,
ein Scharren und Murren,
schlimmer als des Bienenschwarmes
lautes Surren.

Woher das Geräusch?
Wer stört ihren Schlummer?
Sie erhebt sich, der Kopf schon jetzt
voll von Kummer.
Was wollen die Menschen denn vor ihrer Tür?
Tränke und Kräuter, unstillbare Gier
nach endlosen Wünschen und Zauberkraft,
dass die Hexe ihnen den Wohlstand verschafft?

Doch nein, vor der Tür findet sich keine Meute,
kein Gedrängel und auch keine Wünsche heute.
Im Garten am Zaun steht nur ein junger Mann,
sägt mit der Säge, murrt voller Bang.

„Was tut Ihr dort nur?", die Hexe fragt.
Der Mann erschrocken ganz leise sagt:
„Euer Zaun… ich fuhr mit dem
Karren dagegen,
verzeiht mir, o Hexe, werd's geradebiegen."

„Wo ist dieser Karren? Ich sehe nur Euch.
Kein Pferd und kein Rumpeln,
nur Euer Gekeuch'."
Der Mann sich schüchtern am Kopfe kratzt,
bevor er dann mit der Geschicht' herausplatzt:

„Ein Hase rannte direkt vor mein Pferd,
es hat mir sogleich die Kontrolle verwehrt,
das Tier warf mich ab und rannte zum Bach,
das Ganze machte zwar keinen Krach,

doch der Schaden am Zaun
ist leider nicht klein,
ich versorgte mein Pferd, da fiel mir dann ein,
dass ich einfach das Werkzeug
vom Schmied holen kann,
getan wie gesagt und so fing ich an,

den Zaun hier zu richten,
um meine Schuld zu begleichen,
doch nun steh' ich hier
und muss leider beichten,
dass meine Handwerkskünste
keine guten sind,
der Zaun wird wohl fallen im nächsten Wind.

Verzeiht mir, o Hexe,
all das nur wegen dem Hasen,
der hier über den Weg lief und über den Rasen,
der mein Pferd so erschreckte,
wie ich Euch eben,
mit meinem Gemurre und meinen Problemen."

„Ach", seufzt die Hexe, „lasst doch das Tier.
Es hatte sicher Hunger und aß im Garten hier,
wollte in Ruhe eine Möhre genießen,
da kam Euer Pferd und wollt's ihm vermiesen.

Doch nun genug von der Fauna der Welt,
der Zaun ist gerichtet, er nicht mehr fällt,
weder im Wind, noch von weit'ren Pferden,
der Zauber kann nicht leicht
gebrochen werden."

Der Mann staunt nicht schlecht,
vor ihm ein neuer Zaun, vollkommen echt.
„Von Magie kann jemand wie ich nur träumen,
lasst mich kurz
mein schändlich' Werk wegräumen."

Er packt zusammen, verneigt sich tief,
„Naja, der Zaun ist ein bisschen schief.
Magie ist zwar flink aber niemals perfekt,
ein bisschen Chaos in jedem Zauber steckt."

„Danke", sagt die Hexe, „für Euren Versuch.
Das nächste Mal erstattet Ihr mir einen Besuch,
dann trinken wir Tee mit dem kleinen Wicht,
er wird die Geschichte wiederholen,
aus seiner Sicht."

„Tee mit 'nem Hasen? Das glaube ich kaum,
wie wollt Ihr ihn finden?
Das klingt wie ein Traum.
Doch, ah, was zweifel ich hier nur an Euch,
ich sehe den Zaun und Eure Gebräuch'.

Nun dann, also komm ich,
für Geschichten und Tee,
machts gut o Hexe,
auf das ich Euch bald wieder seh!"

Neues Gesetz

Seit der Engel sein Wort verkündet,
die Hexe das Dorf nicht wieder erkannt,
Volk und Volk zum Freund verbündet,
Hass und Zwietracht einfach verbannt.

Doch steht geschrieben in neuer Schrift,
tief in den Seelen der Menschen erwacht,
das Magie verboten, das Zauber Gift,
ein Dunkel, das der Hexe Sorgen macht.

SOMMER

Abschied

Vergissmeinnicht

Regenschauer, Tränenmeer,
Donnergrollen, Himmelsheer.
Gedankensturm in ihrem Kopf,
in ihrer Hand, der kleine Knopf.

Der Trost und Ruhe ihr oft spendet,
doch sie ihn heut' zum Zaubern verwendet.
Zuerst ruft sie den Vampir zu Rat,
der immer einen kühlen Kopf bewahrt.

„Komm und geh mit mir gen Norden,
tief im Wald ein Schlosse steht,
dort sind wir vor der Welt verborgen,
kein Ophanim in diese Richtung weht."

„Ich kann nicht", sagt die Hexe leise,
wenn ich mit ihm rede,
vielleicht etwas geschieht.
Aber begib du dich auf diese Reise,
auf das man sich je wieder sieht."

Die Hexe springt auf, verlässt ihr Haus,
der Vampir nicht von ihrer Seite weicht.
Sie schreitet in den Garten,
in den Regen hinaus,
den kleinen Knopf, sie ihm dann reicht.

Ungläubig er ihn mit den Fingern dreht,
als die Hexe hinauf schaut, ins Dämmerlicht.
Tief seufzend, er nun ihre Pläne versteht.
Sie sagt: „Nimm ihn und vergiss mich nicht."

Nessel II

Ich danke dir, mein liebes Haus,
Garten, Wald und Lieder.
Felder, Kräuter, Katz und Maus,
ich komme nicht mehr wieder.

Hexenhammer

Der Ophanim

„Hexe, ich nun vor dir steh'
und Furcht in deinen Augen seh'.
Zu Recht du zitterst, zu Recht du bangst.
Kopf voll Kummer, Herz voll Angst."

„Ophanim, Engel, Flügelvieh,
ich nur vor deinesgleichen flieh',
weil ihr mir droht, weil ihr voll Wut,
weil ihr mich werfet, in die Glut.

Ins tiefe, dunkle Flammenmeer,
von dort aus keine Wiederkehr,
für mich es wird mein Ende sein
und ihr denkt eure Seelen rein?!

Obwohl ihr feige Mörder seid
und außer Menschen nichts befreit.
Ihr Hass und Schmerz und Tod verkündet
und doch uns so viel mehr verbindet,

wie ihr euch eingestehen wollt."
Der Engel voller Wut nun grollt:
„Du denkst wir sind vom selben Schlag?
Was ich mir nicht mal denken mag."

„Erschaffen von den alten Kreaturen,
die in uns ließen dieselben Spuren.
Dieselbe Magie, dasselbe Licht.
Sind gleich im Herz. Siehst du das nicht?"

„Du wagst zu sprechen solche Worte,
die voll von Unglaube ich hier hörte.
Hexe, schweige endlich stumm.
Wir sind nicht gleich. Deine Zeit ist um."

Urteil

„Leg dich nie mit einer Hexe an",
ein Satz, den jeder kennt und ehrt.
„O Ophanim... schöner Ophanim...
hat man dich das nie gelehrt?

Nicht mich du hier zu Grabe bringst,
deinen Frieden du hiermit verschwendest,
fürchte mich, wenn du Lieder singst,
fürchte mich, wenn du Liebe findest."

Eine neue Ära

Die letzten Worte der Hexe Nessel

„Ihr blöden Idioten, Ihr feigen Hasen!
Wie könnt Ihr Euch diese
Verleumdung anmaßen?
Behauptet ich sei, was Ihr hier vermutet.
Kein Mensch, der Gefühl hat,
kein Mensch, der rot blutet.
Doch ich zeige Euch Schmerz,
ich zeige Euch Pein!
Dies hier wird sicher kein Ende sein.
Denn ich komme wieder, ich komme zurück.
Fangt mich nur ein, ich wünsche Euch Glück."

„Leg dich nie mit einer Hexe an."

Merkt euch den Satz,
nur dann lebt ihr lang.

Bonusgedicht

Winterpfoten

Von Neugier gepackt, die Augen ganz groß,
schleichst du durch die Wohnung,
langsam und leise.
Was sind das für Lichter? Was ist hier bloß los?
Vorsichtig, ruhig, beginnt deine Reise.

Vor dir lauter Dinge, die neu sind für dich,
du schaust umher, gehst staunend voran,
die Treppe hinauf, alles so wunderlich,
so nennen's die Menschen, du siehst es dir an.

Zur Linken ein Rentier und Schnee,
gar nicht kalt,
fällt auch nicht vom Himmel,
bedeckt nicht dein Fell.

Zur Rechten ein Schlitten,
vor dem machst du Halt.
Drum herum kleine Lichter,
sie leuchten ganz hell.

Machen dich plötzlich müde,
du springst auf den Schlitten,
rollst dich dann zusammen,
die Augen schon zu.
Träumst kurz,
du wärst auf dem Rentier geritten.
„Geh da runter, du Frechdachs!",
dir bleibt keine Ruh.

Du räkelst und streckst dich,
bewegst dich langsam vom Fleck.
Blickst dich um, wanderst weiter
und kannst ihn dann sehen.
Du hörst schon von Weitem:
„Bleib bloß davon weg!"
Elegant schleichst du weiter,
bleibst dann vor ihm stehen.

Riesig und grün, stark duftend nach Wald,
behangen mit Ketten und Kugeln und Licht.
Du berührst eine Kugel, zu Boden sie knallt.
O Schreck!
Hoffentlich bemerkt mein Mensch das nicht.

Am Baum dich schmiegend,
gehst du drum herum,
alles glitzert und funkelt,
zieht dich in den Bann.
Ab und zu schepperts,
doch du drehst dich nicht um.
Beginnst laut zu schnurren,
lehnst dich irgendwo an.

Es poltert und kullert,
Dekorationen vom Platz.
Eine Kuh und ein Schaf,
doch sind sie ganz klein.
Sanft spielst du mit dem Hirten,
dann machst du 'nen Satz.
Dein Jagdinstinkt packt dich.
So soll es sein.

Das Schäfchen am Boden,
bewegsts, hältst es fest,
Dein Mensch dich findet,
du merkst ihm wird flau.
„Ach, was für ein Chaos!
Du gibst mir den Rest!"
Mit riesigen Augen,
machst fröhlich: „Miau".

Holly Alberich ist eine Tagträumerin, die ihre Freizeit vor der Tastatur verbringt und aktuell an ihrer chaotisch-fantastisch-dramatischen Fantasy Saga arbeitet.

Zeitfracht Medien GmbH
Ferdinand-Jühlke-Straße 7
99095 Erfurt, Deutschland
produktsicherheit@kolibri360.de